PARA
MOM, GRAMMIE,
Y JAMES
– R.H.

PARA
MI SADIE, JAKEY,
Y JOHN
–D.S.

Copyright © 2023 por Renee Hayes
Ilustrado por Darby Scebold
Traducido por Natalia Sepúlveda

ISBN: 978-1-7377549-0-9 (tapa blanda)
ISBN: 978-1-960717-00-9 (e-book)

Visite www.reneehayesbooks.com para más información.

Los gemelos de jengibre

Escrito por
RENEE HAYES

Ilustrado por
DARBY SCEBOLD

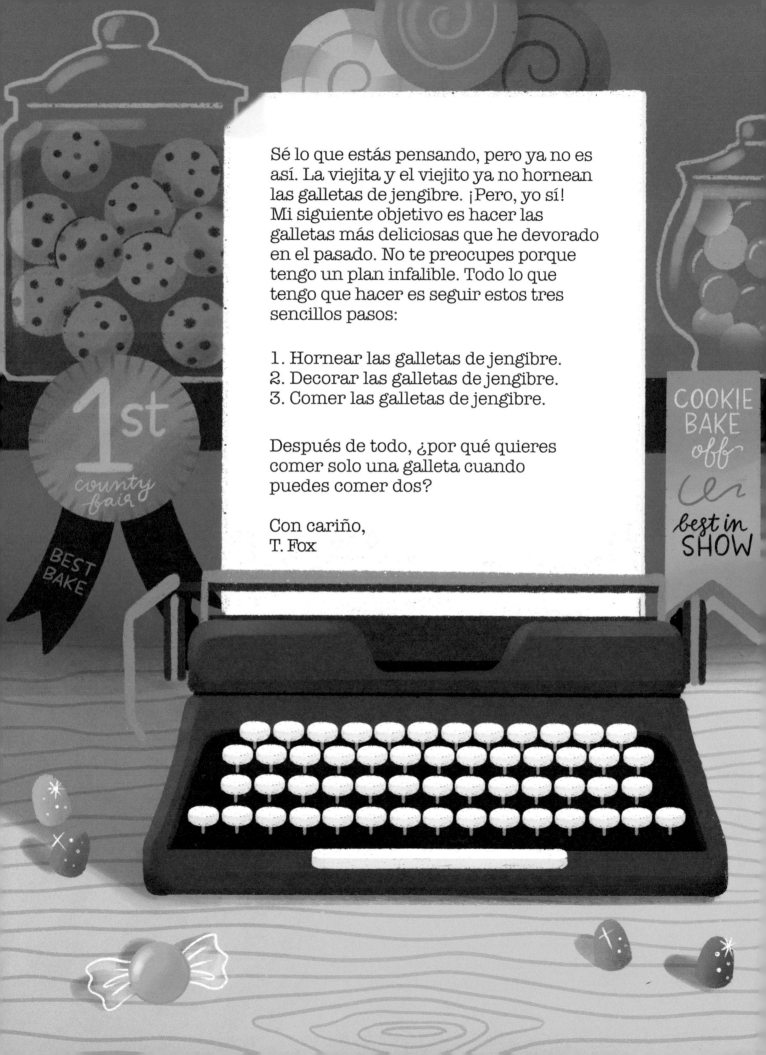

Sé lo que estás pensando, pero ya no es así. La viejita y el viejito ya no hornean las galletas de jengibre. ¡Pero, yo sí! Mi siguiente objetivo es hacer las galletas más deliciosas que he devorado en el pasado. No te preocupes porque tengo un plan infalible. Todo lo que tengo que hacer es seguir estos tres sencillos pasos:

1. Hornear las galletas de jengibre.
2. Decorar las galletas de jengibre.
3. Comer las galletas de jengibre.

Después de todo, ¿por qué quieres comer solo una galleta cuando puedes comer dos?

Con cariño,
T. Fox

Fox a menudo se preguntaba si las cosas habrían sido más fáciles si hubiera hablado con la viejita o el viejito. A medida que pasaron los años,

el **SABOR**, el **CHASQUIDO**, y **CRUJIDO**

de esas galletas de jengibre se hacía más difícil de recordar. Fox trató de ignorar la duda que tenía en su mente cada vez que hacía un nuevo lote.

Fox cerró la puerta del horno y esperó
ansiosamente a que sonara el temporizador.

Sintiéndose derrotado después de otro día sin éxito, Fox
se fue a casa para enfurruñarse y hacer pucheros.

A medida que pasaban los días, Fox probó diferentes combinaciones de su receta.

El aroma del pan de jengibre pronto llenó la panadería una vez más, y las papilas gustativas de Fox se regaron.

¡QUÉ DESPERDICIO! ¡QUÉ DESPERDICIO! NUNCA CONSEGUIRÉ EL SABOR REAL.

Fox comprobó la frescura de todos sus ingredientes.

¿Qué le faltaba? ¿Qué estaba haciendo mal?

Fox saboreó el sabor de su mente lo más que pudo. ¿Por qué no pudo hacerlo bien?

Fox volvió a casa decepcionado. Esa noche, un sueño lo despertó. ¡Corrió a su tienda y se puso a trabajar!

Fox se sentía confiado mientras hacía otro lote. ¡Se inclinó hacia el horno, abrió cuidadosamente la puerta e inhaló un gran olor riquísimo del pan de jengibre!

UNA PIZCA DE HMMM, UNA PIZCA QUE. SÉ QUE ESTE PAN DE JENGIBRE NO ME VA A QUEDAR PLANO.

Fox ansiosamente comenzó a decorar las galletas.

Una mancha de glaseado, algunos ojos de chocolate confitados, y una ondulada...

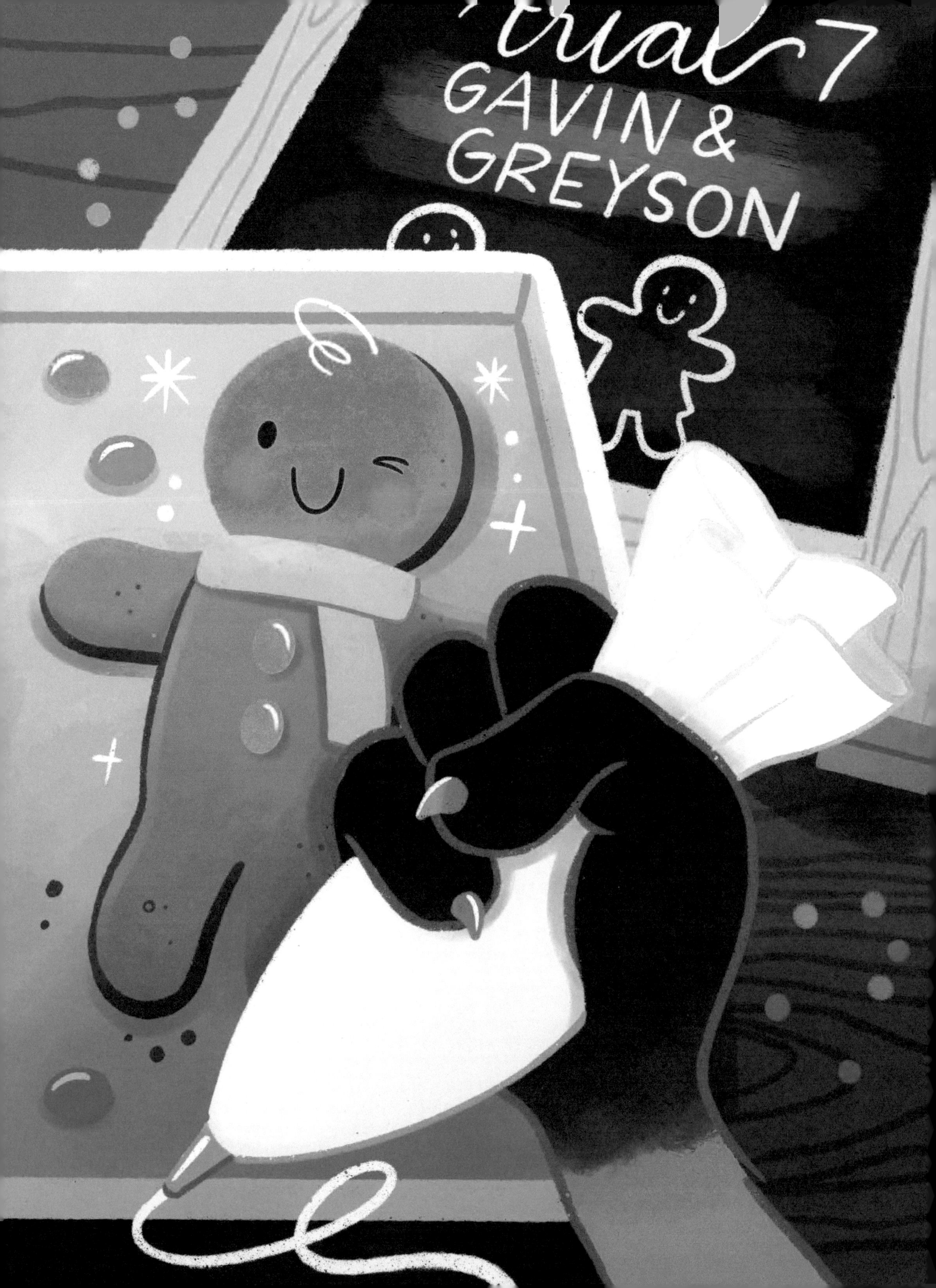
trial 7
GAVIN &
GREYSON

—¡ESTA ES NUESTRA OPORTUNIDAD!
—gritaron los gemelos de jengibre.

Fox escuchó con confusión.

Dos galletas de jengibre saltaron de la bandeja de hornear.

A medida que las galletas de jengibre se dirigían a la puerta, un Zorro sorprendida comenzó a perseguirlas.

—¡Lo hicimos! ¡Lo hicimos!
¡Nos escapamos!
Somos como los superhéroes
¡Sin capa!

¡ALTO!

—Vamos a correr el doble de
rápido con una sonrisa
gigantesca –exclamaron–.
No nos puedes atrapar,
¡somos los gemelos de jengibre!

Las galletas de jengibre fueron corriendo por la calle en busca del escondite perfecto.
—Rápido, vamos a saltar aquí—dijo Gavin—. Fox no nos encontrará.

La puerta repicó y los gemelos se congelaron en su lugar.
—¿Dónde podrían estar? —reflexionó Fox.
¡Revisó todas las vitrinas antes de irse, pero no había visto a los gemelos de jengibre por ningún lado!

—¡Eso estuvo cerca! —dijo Greyson al salir de la panadería.

—Okay, Greyson, ya sabemos qué hacer —susurró Gavin—. Sigue moviéndote.

—¡Más rápido, más rápido, estamos casi en el parque! —exclamó Greyson.

Los gemelos de jengibre
celebraban gritando:
—¡Lo hicimos! ¡Lo hicimos!
¡Nos escapamos!
Somos como los superhéroes
¡Sin capa!

¡Gavin y Greyson comenzaron a disfrutar
en su escape triunfante y cómo
superaron a Fox! Antes de que pudieran
terminar su conversación, Gavin
interrumpió:
—Oye, hermanita, ¡Fox está corriendo
hacia nosotros! ¡Él debe de habernos
olfateado!

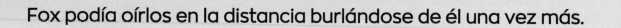

Fox podía oírlos en la distancia burlándose de él una vez más.

Los gemelos de jengibre exclamaron:
—Vamos a correr el doble de rápido con una sonrisa gigantesca. No nos puedes atrapar, ¡Somos los gemelos de jengibre!

—Si vamos a salir de aquí en una pieza, necesitaremos cruzar el lago —dijo Greyson.

Los gemelos remaban frenéticamente con todos sus fuerzas.

Greyson se dio la vuelta para descubrir a Fox mucho más cera de lo que esperaba.

Lo último quo escuchó Gavin antes de que Greyson perdiera el equilibrio fue:

—¡REMA MÁS RÁPIDO! ¡Nos está alcanzando!

Los gemelos aceptaron a regañadientes y saltaron en la canoa. Mientras se acercaban a la orilla, Greyson sintió el aliento caliente de Fox en su oído.

Antes de que Gavin se diera cuenta de lo que estaba pasando, ella estaba...

—Hermanita, está bien, ¡lo logramos! —exclamó Gavin.
—Me veo horrible y nunca seré la misma —sollozó Greyson.
—Grey, no te preocupes, estás en buenas manos conmigo —dijo Gavin—.
Tengo una idea que creo que te gustará.

Después de llegar a su cocina, Fox se quitó la barra, precalentado el horno, y reunió los ingredientes para su próximo lote de galletas de jengibre.

A medida que Fox comenzó a medir los ingredientes, lentamente levantó la tarjeta de receta a sus ojos. Ahí fue cuando se dio cuenta...

LE FALTA ALGO.
NO TENGO NI IDEA.
ELLOS ESTÁN CORRIENDO LIBRES.
¿QUÉ TENGO QUE HACER?

¿EMPIEZO DE NUEVO?
¿DESDE CERO?
¿QUÉ PASA SI NUNCA...
...HORNEO UN NUEVO LOTE?

TENGO QUE VOLVER
Y EXPLORAR EL LAGO,
Y DECIRLES QUE HE
COMETIDO UN ERROR.

VOY A DECIR QUE LO SIENTO
Y QUE ME GUSTARÍA PROBAR OTRA VEZ.
COMETÍ UN ERROR PORQUE
MI COCINA SE HIZO CON PRISA.

LA PRÓXIMA VEZ LO HARÉ MEJOR
Y APUNTARÉ LOS INGREDIENTES.
INCLUSO VOY A PEDIR AYUDA.
¡DE OTROS PANADEROS DE LA CIUDAD!

Sobre la autora y la ilustradora

RENEE HAYES es escritora de libros infantiles, maestra y fanática de los viajes. Su libro debut, *Los gemelos de jengibre*, fue inspirado por una actividad especial que hizo para sus estudiantes. ¡A Renee siempre le ha encantado leer libros y a menudo se queda hasta tarde para leer "una página más"! Cuando no está rodeada de libros, le encanta viajar por el mundo en buscaqueda de la próxima aventura o un nuevo tema para sus libros! Renee vive en Texas con su marido y su gato, Zoe. Mira si puedes encontrar a Zoe escondida en algún lugar de este libro.

Para más información sobre Renee y sus libros, visite **reneehayesbooks.com.**

DARBY SCEBOLD es una ilustradora, diseñadora, mamá y entusiasta de los colores. Está orgullosa de presentar *Los gemelos de jengibre* como su primer libro infantil completamente ilustrado. Darby ha estado rodeada de arte toda su vida, aprendiendo numerosas técnicas de su padre a una edad temprana. ¡No importa con qué medio esté trabajando, ella saca inspiración de criaturas lindas y fantásticas que sacan al niño en todos! A Darby le encantan las fiestas de baile con su familia y pasar tiempo con sus amigos.

Para más de sus ilustraciones, visita su Instagram **@colorfuldarb.**

Made in the USA
Columbia, SC
03 December 2024

48387101R00020